幼兒全語文階梯故事系列

U0114780

天氣太熱了

袁妙霞 著
野人 繪

園丁文化

山羊伯伯要搬家。

天氣太熱了，小兔子要多抹汗。

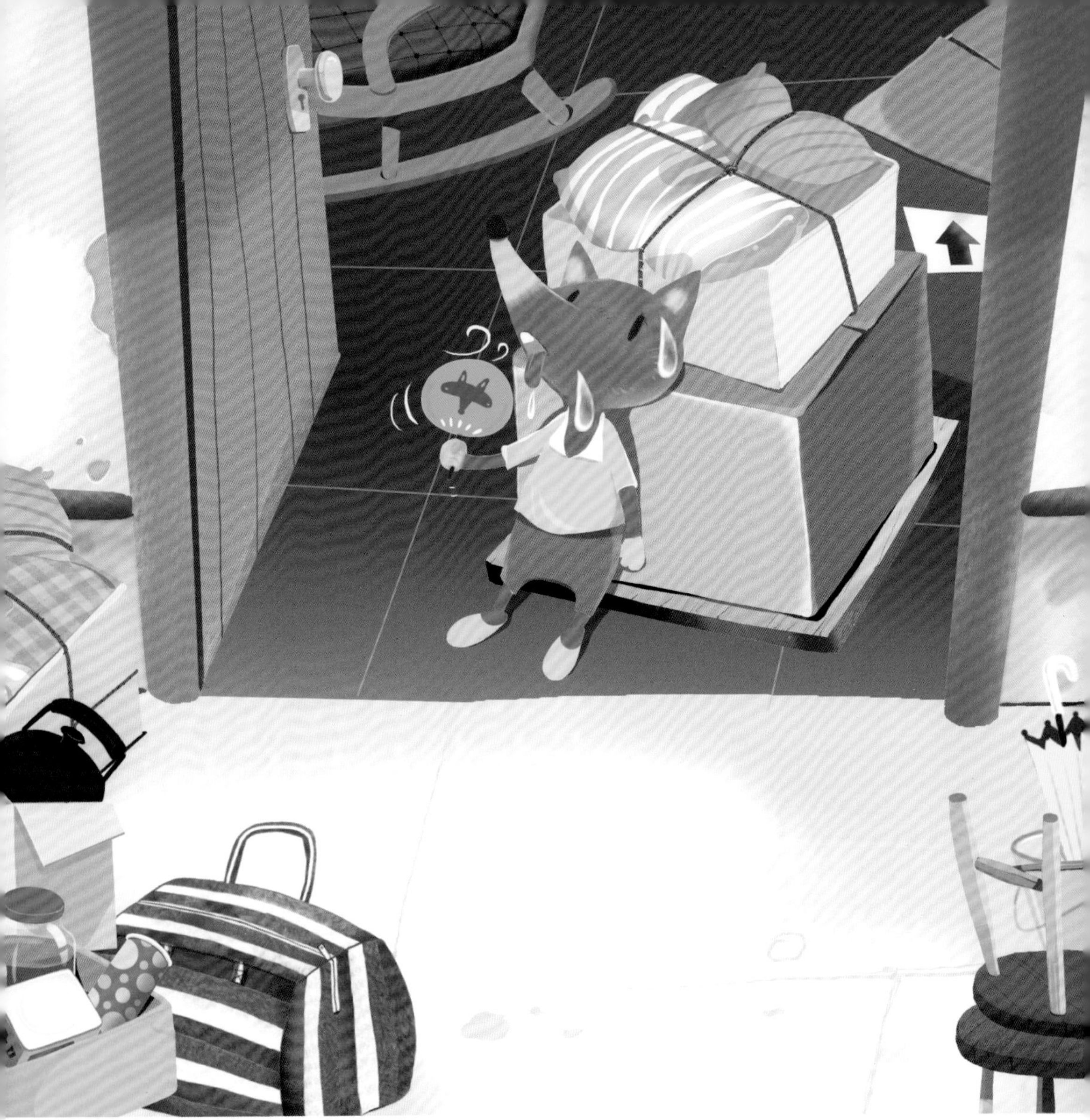

天氣太熱了，小狐狸要多扇涼。

東西都搬上貨車了，怎麼不見小豬呢？

天氣太熱了，小豬要多睡覺。

導讀活動

進行方法：

❶ 讀故事前，請伴讀者把故事先看一遍。
❷ 引導孩子觀察圖畫，透過提問和孩子本身的生活經驗，幫助孩子猜測故事的發展和結局。
❸ 利用重複句式的特點，引導孩子閱讀故事及猜測情節。如有需要，伴讀者可以給予協助。
❹ 最後，請孩子把故事從頭到尾讀一遍。

提問

封面

1. 圖中的動物在做什麼？為什麼他們要這樣做？
2. 請把書名讀一遍。

P2 ~ P3

1. 這裏本來是山羊伯伯的家。你猜山羊伯伯還會住在這裏嗎？你是怎樣知道的？
2. 誰來幫山羊伯伯搬家？
3. 你猜那時的天氣熱嗎？你是怎樣知道的？

P4

1. 小狗在喝什麼？山羊伯伯在做什麼？
2. 從小狗的樣子看來，你猜他覺得熱嗎？你感覺熱的時候也會這樣做嗎？

P5

1. 小兔子在抹什麼？
2. 從小兔子的樣子看來，你猜他覺得熱嗎？你感覺熱的時候也會這樣做嗎？

P6

1. 小狐狸拿着扇子做什麼？
2. 從小狐狸的樣子看來，你猜他覺得熱嗎？你感覺熱的時候也會這樣做嗎？

P7

1. 小狗、小兔子和小狐狸把東西搬上哪裏去？那是一輛什麼車呢？
2. 山羊伯伯在找誰呢？

P8

1. 你猜對了嗎？他們在哪裏找到小豬呢？
2. 小豬正在做什麼？天氣熱時，你也會這樣做嗎？

知識點 夏天天氣熱

夏天天氣炎熱，有什麼方法可以令身體涼快些呢？

① 穿薄的衣服

② 開空調或風扇

③ 游泳

④ 喝冷凍的飲料

字卡

玩法
❶ 把字卡全部排列出來，伴讀者讀出字詞，請孩子選出相應的字卡。
❷ 請孩子自行選出多張字卡，讀出字詞並口頭造句。

請沿虛線剪出字卡。

夏天	熱	伯伯
搬家	幫忙	喝水
抹汗	扇涼	東西
貨車	怎麼	睡覺

幼兒全語文階梯故事系列
第3級（中階篇）

《天氣太熱了》

©園丁文化

幼兒全語文階梯故事系列
第3級（中階篇）
《天氣太熱了》
©園丁文化
幼兒全語文階梯故事系列
第3級（中階篇）
《天氣太熱了》
©園丁文化
幼兒全語文階梯故事系列
第3級（中階篇）
《天氣太熱了》
©園丁文化
幼兒全語文階梯故事系列
第3級（中階篇）
《天氣太熱了》
©園丁文化
幼兒全語文階梯故事系列
第3級（中階篇）
《天氣太熱了》
©園丁文化
幼兒全語文階梯故事系列
第3級（中階篇）
《天氣太熱了》
©園丁文化
幼兒全語文階梯故事系列
第3級（中階篇）
《天氣太熱了》
©園丁文化
幼兒全語文階梯故事系列
第3級（中階篇）
《天氣太熱了》
©園丁文化
幼兒全語文階梯故事系列
第3級（中階篇）
《天氣太熱了》
©園丁文化
幼兒全語文階梯故事系列
第3級（中階篇）
《天氣太熱了》
©園丁文化
幼兒全語文階梯故事系列
第3級（中階篇）
《天氣太熱了》
©園丁文化